İtaatkâr Köle ve diğer hikayeler

Erika Sanders

Seri
Hakimiyet ve erotik boyun eğme

özet

Bu kitap aşağıdaki öykülerden oluşmaktadır:
İtaatkâr Köle
Maaş zammı
Beklenmedik durum
Vahşi resepsiyon

İtaatkâr Köle, güçlü erotik BDSM içeriğine sahip bir hikayedir ve aynı zamanda yüksek romantik ve erotik BDSM içeriğine sahip bir roman serisi olan Erotik Hakimiyet koleksiyonuna aittir.

(Tüm karakterler 18 yaş ve üzeridir)

Yazarın notu:

Erika Sanders, yirmiden fazla dile çevrilmiş, her zamanki düzyazısından uzak, en erotik yazılarına kızlık soyadıyla imza atan, uluslararası tanınmış bir yazardır.

Dizin:

İTAATKÂR KÖLE VE DİĞER HİKAYELER
ERIKA SANDERS

İTAATKÂR KÖLE

Köle Susan, Efendisini emzirmek için nefis bir istekle uyandı, ama onun çoktan gitmiş olduğunu görünce dehşete düştü.

Yanındaki yastığın üzerinde ise bir not, tek bir orkide ve en sevdiği spa günü için bir hediye kartı vardı.

Esnedi ve gerindi, sonra hevesle notu okudu.

"Günü Benim için hazırlık yaparak geçirmeni istiyorum. Bugün mastürbasyon yapmamalısın çünkü sana daha sonra ihtiyacın olan her şeyi vereceğim. Bu gece yardım balosunda olacağız ve sonrasında seni her şekilde kullanacağım, ta ki, Doydum." ".

Susan, Efendisinin notunun söylediğinden çok daha fazlasını söylediğini biliyordu çünkü onun kalbini biliyordu.

Üç kısa cümleyle bu günün ve bu gecenin onun ve kendisinin zevki için olacağını, sınırlarını zorlamayacağı hiçbir yanının olmadığını ve onu mutlu etmek için ne gerekiyorsa yapması gerektiğini anlatıyordu. onun için olabildiğince hoştu.

Susan Efendisini memnun etmeyi seviyordu ve O her zaman aralarındaki her şeyi mükemmel kılıyordu.

Susan yataktan kalktı ve banyoya doğru yürürken saçını toka yaptı.

Kapının arkasına bağlanan kancalı bir direğin üzerinde Robert Usta'nın giymesi için seçtiği elbise, çoraplar ve ayakkabılar asılıydı.

İç çamaşırı yoktu.

Susan gülümsedi, sonra yüzünü yıkadı, dişlerini fırçaladı ve odaya dönmeden önce şifonyerin alt çekmecesini açtı, Çin toplarını çıkardı ve içinde uyuduğu tanga külotunu çıkardı.

Usta onun kullanmayacağı hiçbir parçasının olmadığını söylemişti.

Yavaş yavaş Çin toplarını yerine yerleştirdi ve anında Ustasının muhteşem horozunu hayal etmeye başladı...

Usta Robert'ın önceki gece giydiği kot şortu ve sarı düğmeli gömleği giydi.

Onun kıyafetlerini giymeyi seviyordu.

Bu şekilde kokusunu kendi üzerinden alabiliyordu.

Sandaletlerini giydi, hediye kartını aldı ve hızla yola çıktı.

* * *

Susan geldiğinde, Usta Robert'ın normalde yaptığı gibi her şeyi kendi talimatlarıyla organize ettiğini keşfetti.

Odadaki kadınlar ona hiçbir şey söylemediler, sadece yaptıklarına devam ettiler.

Dünyanın itaatkar bir ilişki olarak algıladığı şeyden rahatsızlık duymuyordu çünkü dünya onun Efendi Robert'la paylaştığı aşk hakkında hiçbir şey bilmiyordu.

Manikürcü ayakları üzerinde çalışırken "Evet, biz efendi ve köleyiz" diye düşündü, "Ama aynı zamanda Karı-Karı, Robert ve Susan, ruh ikiziyiz!" Dünyanın geri kalanının bunu anlamaması önemli değildi.

Sırf aralarındaki gerçek aşka dair hiçbir fikirleri olmadığı için.

Manikür ve pedikür işlemleri tamamlandıktan sonra lavanta ve vanilya banyosuna götürüldü.

Bu onun en sevdiği kısımdı ve Usta Robert bunu biliyordu.

Kokulu banyoda yalnız kaldığında zevk almamak onun için çok zordu ama Efendisinin bu gece ondan çok şey isteyeceğini biliyordu, bu yüzden banyoda orgazm yaşamadan dinlendi.

Sonunda saçları dönünce onu yıkadılar ve baştan çıkarıcı bir şekilde başının üstüne yığdılar, ilk randevularında ona aldığı tokayla sabitlediler.

Saçındaki tokayı çıkarıp omuzlarına düşmesini izlemenin O'na vereceği zevki düşünerek mutlu bir şekilde gülümsedi.

Bu unutulmayacak bir gece olacaktı.

Eve döndüğünde makyajını yaptı.

Bir de ona İtalya'dan aldığı yüksek ipek çoraplar ve on santimlik siyah topuklu ayakkabılar vardı.

Aynada kendine bakmak için orada durdu.

Bir şeyler eksikti.

Kısa bir düşünceydi bu, hızla aklından çıkardı.

Daha fazlasını isteseydi bunu öngörebilirdi.

Bütün gün onu orgazmın eşiğinde tutan Çin toplarını çıkardı ve ardından narin elbiseyi başından geçirip vücudundan aşağı doğru kaymasına izin verdi.

Aynadaki görünüşünden memnundu ve Robert da öyle olacaktı.

En sevdiği parfümden bir dokunuş ve artık hazırdı.

O sabah bir kase suyun içinde yüzen orkideyi alıp ensesindeki saç düğümünün içine sıkıştırdı.

Arabasının garaj yoluna girdiğini duyduğunda meme uçları sertleşti ve kedisi zonklamaya başladı.

Normalde boynu bükük, dizlerinin üzerinde kapıda onu beklerdi, böylece bedeni tamamen onun emrine verilmiş olurdu.

Çok endişeliydi.

Onu beklemek için merdivenlerin dibine doğru koştu.

O içeri girdiğinde heyecandan çoktan kızarmıştı ve durup ona bakarken görünüşünün onu memnun ettiğini hissedebiliyordu.

"Nefis görünüyorsun köle Susan."

"Teşekkür ederim Robert Usta, memnun kalmanıza çok sevindim."

"Görünüşe göre bir şeyi unutmuşsun."

"Bir şey mi unuttum?"

Robert onun bileğini tuttu ve onu merdivenlerden yukarı çıkardı.

Notun ve çiçeğin bulunduğu yastığın üzerinde gerdanlığı vardı.

Bunu daha önce fark edememesine şaşırdı ve hatasını anında fark etti.

Usta Robert onun için el yapımı gerdanlığı ve ona uygun kravatı hazırlamıştı.

Gerdanlığının yarısı, taktığı diğer yarısına mükemmel şekilde uyan kristal bir kalp içeriyordu.

Bunu ona düğün gününde vermişti.

Bunu fark etmemeyi nasıl başarmıştı?

Hatasının ne kadar ciddi olduğunu fark ettiğinde meme uçları esnemeye başladı ve vajinası zonklamaya başladı.

Robert kemerini çözdü.

"Seni seviyorum Susan, ama Bana hazırlanırken bu kadar dikkatsizliğe izin veremem."

"Evet, tatlı sahibim."

"Eğil ve ayak bileklerini tut."

Daha önce de bu şekilde cezalandırıldığı için bacaklarını açmasının söylenmesine gerek yoktu.

Usta Robert ona şaplak attığında amına bakmayı severdi.

İpek elbiseyi yakaladı ve yavaşça bacaklarından beline doğru kaydırdı ve konumu nedeniyle elbise aşağı doğru kaymaya devam etti ve göğüslerinin etrafında başının ve yüzünün birazını kapladı.

Çok zarif giyinmiş ama çok kaba pozlarla ona ne muhteşem bir manzara gösterdi.

Amcığının ıslaklığının ışıkta parıldamasından onun ne kadar heyecanlı olduğunu görebiliyordu.

Daha iyisini düşünerek elinde tuttuğu kemeri çıkardı.

Uzun bir gece olacaktı.

Dönüp yatağın onun tarafına doğru yürüdü ve komodinin çekmecesine uzanarak ona sık sık kullandığı deri kırbacı çıkardı.

Uzun bir sapı vardı ve ucundan dokuz ince yumuşak, esnek deri şeridi sarkıyordu.

Çok iyi kullanıldı ve takdir edildi.

Yarattığı güzel görüntünün tadını çıkararak ve üzerinde meydana gelen değişiklikleri gözlemleyerek yavaşça ona döndü.

Zor nefes alıyordu ve hareketsiz durmakta zorlanıyordu.

"Ahhh, kölem Susan, bu gece seninle eğleneceğim!"

Ve bununla birlikte kıçına doğru, onun acı ve zevk içinde çığlık atmasına neden olan üç hızlı kırbaç attı.

Geri çekildi ve poposundaki kırmızı çizgilerin oluşma hızını izledi.

"Bok!" Kendi kendine düşündü! "Bu gece kendimi nasıl tutacağım?"

Ve bu düşünceyle çözüm anında geldi.

Akşam seansından hemen önce, bu dürtüden kurtulmak için bir kez olsun bunu yapacaktı.

Kabaca pantolonunu açtı, zaten sert olan sikini çıkardı ve zevk için değil, onu yağlamak için onu amının derinliklerine itti.

O an en çok istediği şey kırmızı, sıkı, parlak ve onun için hazır olmasıydı.

Köle Susan'ın damlayan kedisinden horozunu onu dehşete düşürecek şekilde geri çekti ve onu bekleyen kıçının derinliklerine itti.

"EVET!" dudaklarından çıkan ateş ateşini körükledi ve kaldırdığı kalçalarına çılgınca tokat attı.

Onu sıkıca tutarak patlamaya hazır olana kadar durmadı.

Bir sürü ipeksi sperm kızarık kıçına gelip giderken kendi zorlu nefes alış verişini ve inlemesini duydu.

Kendine geldiğinde, sıcak menisini kölesi Susan'ın hassas, arzulanan kıçına sürttüğünü fark etti ve bu sırada Susan ona tekrar tekrar teşekkür etti.

"Bu gece siyah smokinimi giyeceğim, Susan" dedi ve köle Susan gerdanlığını takarken o da duşa gitti ve ardından smokinini almak için dolaba gitti.

Çok titizdi ve duştan çıktığında ihtiyacı olan her şeyin O'nu beklediğini iki kez kontrol etti.

Adamın az önce onu nasıl kullandığını, kıçını mahvederken taşaklarının klitorisine nasıl harika vuruşlar yaptığını düşünürken her nesneyi yatağın üzerine yerleştirdi.

Düşüncelere o kadar dalmıştı ki, boynundan yavaşça öpene kadar arkasında onun sesini duymadı.

"Seni cezalandırmak istemiyorum Susan ama ah! Ceza verdiğimde ne kadar da muhteşem görünüyorsun."

"Teşekkür ederim Robert Usta."

* * *

Arabada Usta Robert, bornozunu bacaklarından aşağı kaydırdı ve bacaklarını açtı.

Hala damlayan amına dokundu ama boşalmasını yasakladı.

Köle Susan koltuğunda kıvrandı ve Salonu bu kadar kısa sürede gördüğüne sevindi çünkü daha fazla dayanamayacağından emindi.

Diliyle ve dudaklarıyla temizlemesi için parmaklarını ağzına sokarken, diğer eliyle sutyeninin üst kısmındaki üç minik düğmeyi açtı.

"Böyle bırak" dedi ve kapıyı açmasını beklemesini söylemeden önce onu şefkatle dudaklarından öptü.

Salonun içinde sık sık onun yanından ayrılmak zorunda kalıyordu ama o her zaman onun görüş alanı içindeydi.

Köle Susan diğer görevlilerle kibarca sohbet ediyordu ama her zamanki gibi daha sessiz yerlere gitti ve yalnız kaldı.

Usta Robert'ın ilgiye büyük bir talebi vardı ve onun bu gibi durumlarda kendini idare etme şekline hayran kaldı, çok cesur, çok yakışıklıydı.

Dans etmesi istendiğinde rehberlik için O'na baktı.

Aralarında, kibarca kabulün gerekli olduğu zamanların olduğu anlaşılmıştı, ancak o, kabul etmeden önce daima O'nun onayını bekledi ve neredeyse her zaman, ne yapıyorsa onu durduracağına güvenebilirdi.

Ancak bu gece Ustası Robert'ı bekledi ve teklifleri onayladığında bile reddetti.

Üçüncü reddetmeden sonra odanın karşı tarafına doğru ona doğru yöneldi.

"İyi misin aşkım?"

"Evet."

"Neden dans etmiyorsun?"

"Çünkü bu gece seninle dans etmek istiyorum."

"O halde Susan, dileğine kavuşacaksın."

Elini beline doladı ve onu dans pistine yönlendirmek için yavaşça sırtına yasladı.

Onu yakından tutarak onunla dans etti.

Ona dünyadaki tek kadınmış gibi bakarak, gözleriyle tenine eziyet ediyor, onu daha sonra nasıl kullanacağına dair fısıltılarla onu mutluluğun eşiğine getiriyordu.

"Beni eve götür?" Ona fısıldadı.

Elinden tutup kalabalığın arasından geçirdi.

Arabada tutkuyla öpüştüler ve köle Susan ona kalbinin arzusunu fısıldadı.

"Usta Robert'a ihtiyacım var."

Robert buna pantolonunun düğmelerini açarak ve eve giderken ona bakmasına izin vererek karşılık verdi.

* * *

Garaj yolunda, arabayı kapattıktan sonra, onun orada durmasına ve onun kendi aletini aç bir şekilde yutmasının tadını çıkarmasına izin verdi.

Bu onun elbisesini başının üzerinden geçirip arka koltuğa atmasına yetecek kadar durmasına neden oldu.

Daha sonra koltuğu geriye kaydırdı ve saçındaki tokayı çıkarıp omuzlarının üzerine düşmesine izin verdi.

Onun siyah saçlarını, yüzüne ve omuzlarına düşmesini ve yakaladığında yumruklarını doldurmasını seviyordu.

Robert uzun bir süre onu izledi, onun kendi aletine nasıl taptığına, onu kendi geçimiymiş gibi emmesine hayret etti.

Boşalma arzusu Kendi kısıtlamasından daha büyük olduğunda, ellerini saçlarına gömdü ve aletini boğazının derinliklerine zorladı.

Onu yutmakla tehdit eden derin bir ihtiyaçla ağzına ve boğazına girip çıkıyordu.

Köle Susan'ın elleri titriyordu ve kendi serbest bırakılmasının onunkini tetikleyeceğini fark etti.

Son bir darbeyi boğazının derinliklerine soktu ve coşku içinde patladı.

Her sıcak süt fışkırması onun vücudunu kendisininkine eşit bir spazmla sarsıyordu.

Efendi ve köleydiler ama yine de birdiler.

Vücut ...

Güzel bir süt spazmı...

One Love!

* * *

Efendi Robert kapıyı açtığında köle Susan gözlerini açtı.

Elini uzatıp arabadan inmesine yardım etti.

Dizlerine kadar uzanan elbisesi, ipek ayakkabıları ve içinde yarım kristal kalp bulunan tasmasıyla ay ışığında önünde duruyordu.

Ayın ve yıldızların ışığı teninde dans ediyordu ve O, onu görünce derin bir nefes aldı.

"Hadi aşkım, gecemiz daha yeni başladı."

Onu içeri ve yatak odasına götürdü, orada okyanus esintisinin içeri girmesi için balkon kapılarını açtı.

Gerdanlığını aldı ve yerine kolyesini koydu, sonra onu bandajladığı yatağa yönlendirdi.

"Uzanın. Vücudunun Bana teslim olduğunu hissetmek istiyorum" diye fısıldadı.

Dediğini yaptı ve bir sonraki emrini bekledi.

Kimse gelmeyince nefesini sakinleştirmeye, odadan onu duymaya çalıştı.

Nerede olabilir?

Ne yapıyorsun?

Onun için planlarını tahmin ederek zihni hızla çalışıyordu.

Sonsuzluk gibi gelen bir süre boyunca onun nefes aldığını duyabildiğini düşünerek bekledi ama asla tam olarak emin olamadı.

Sonunda itaatsizlik nedeniyle dayak yemenin bir saniye daha beklemekten daha iyi olduğunu düşündüğünde göz bağına uzandı ama başını belaya sokmak yerine ona, "Benim için kendine dokun" dedi.

Üç kelime, üç minik kelime onun içinde daha önce hiç hissetmediği bir ateş yaktı .

Bir anda elleri vücudunun üzerindeydi; biri göğsünde, diğeri bacaklarının arasındaydı.

Saniyeler içinde orgazm içinde kıvranmaya başladı, bacakları iki yana açıldı, dizleri gerildi, parmakları öfkeyle amını sikiyordu, sırtı kıçından ve kafasının arkasından başka hiçbir şey yatağa değene kadar kavisliydi.

"Evet! Robert! Ah, efendim Robert! Evet! Evet! Evet!"

Tekrar duyduktan sonra tam olarak boyunun altında değildi:

"Yine. Tekrar yap."

Karnı üzerine yuvarlandı ve dizlerini vücudunun altına koyarak kıçını O'nun görmesi için havaya itti.

Parmaklarını amının içine olabildiğince derine gömdü ve Efendisinin eğlencesi için bir kez daha mastürbasyon yaptı.

Geldiğinde ilkinden çok daha uzun sürdü.

Tekrar tekrar onun büyülü noktasına ulaştı ve sonunda bacaklarının iç kısmına doğru koşup ona merhamet etmesi için yalvarmaya başladı.

Arkasına dönerek bağırdı:

"Robert! Ah, Robert! Lütfen! Lütfen! Lütfen sik beni şimdi!"

Onu yakalayıp kabaca karnının üzerine yuvarlarken hiç merhamet göstermedi.

Kırbacını tenine temas ettiği anda tanıdı.

"Teşekkür ederim Üstad! Cömertliğiniz için teşekkür ederim. Boşalmama izin verdiğiniz için teşekkür ederim. Size gereken saygıyı göstermediğimde beni cezalandıracak kadar beni sevdiğiniz için teşekkür ederim."

Her vuruşta, Tanrı onun gelmesine izin verdiğinde ifade etmesi gereken minnettarlığı kazanıyordu.

Daha fazla dayanamadı!

Onu olduğu gibi, yüzüstü ve ihtiyaçtan ıslanmış halde monte etti.

İçine o kadar kolay girdi ki onu yok edeceğini sandı.

İki eliyle saçlarını tuttu ve onu hararetle pompaladı.

İçinde onun uzvunu hissettiğinde hâlâ ona teşekkür ediyordu.

Onu fırlattı ve büktü ve O'nun altında kıvranarak ihtiyacı olan şeyi vermesini bekledi.

Onu orgazmı boyunca becerdi, asla yavaşlamadı ya da durmadı ta ki sonunda O da onun rahminin derinliklerine boşalıncaya kadar.

Robert kulağına büyüleyici övgüler mırıldanırken defalarca "Teşekkür ederim, teşekkür ederim tatlı sahibim" diye fısıldıyordu.

Amının sürekli olarak penisini çekiştirmesi onu dik tuttu ve çok geçmeden kendi kalçaları yeniden hareket etmeye başladı.

Onun istek ve ihtiyaçlarının kendisininkiyle eşleşmesini seviyordu.

Kendisini O'na o kadar bütünüyle adadı ki, hiçbir zaman ikisinden birinin diğerinin ihtiyaçları karşılanmadan tatmin olduğu bir zaman olmadı.

İlk başta, vücudu bazen onun uzun, kalın horozundan ve tamamen tatmin olmadan önce onun güçlü iddiasından dolayı acı hissediyordu, ama şimdi bedeni, karnı, ruhu ona bir eldiven gibi oturuyordu ve aşkının acısı sadece görünürdeydi. sonraki gün.

Her bakımdan onundu ve bundan en az onun kadar mutluydu.

Robert onun için ne kadar çabuk hazır olduğuna hayran kalmıştı.

Ellerini kollarından yukarı kaydırıp bileklerini tuttu.

Adam komodinin çekmecesine uzanıp manşetlerini alırken kadın onları başının üstünde bir arada tuttu.

Bileklerini birleştirdikten sonra, bir ip almak için dolaba gitmek üzere aletini aç kedisinden çıkardı.

İpi tasma olarak kullanmak için bileklerine bağladı.

Hâlâ gözleri bağlıydı, ağır nefes alıyordu ve adam onun muhtaç olduğunu biliyordu.

Tekrar çekmeceye uzanıp bir ağızlık çıkardı.

"Ağzını aç köle Susan."

O, O'nun istediğini sorgulamadan yaptı çünkü ikisi de ilişkilerinin anlamını biliyordu.

O-halkasını ağzına yerleştirdi ve başının etrafına sıkıca tutturdu.

Daha sonra onu yataktan kaldırıp dizlerinin üzerine koydu.

Bundan sonra gelecek olan ceza değil, zevk ve köle Susan'ın aradaki farkı hemen anlamasıydı.

Onu saçından tutan Usta Robert, aletini tıkaçtan köle Susan'ın boğazına doğru itti.

Kadın öğürmeye başlayıncaya kadar orada tuttu ve sonra çıkardı.

Tekrar itti ve onu tuttu ama birkaç saniye sonra tekrar öğürmeye başladı.

Çıkardı ve bekledi.

Nefesi düzene girdiğinde onu tekrar itti.

Bu sefer öğürmeden tutmayı başardı.

Onu pompalamadı, hareket bile etmedi ama kıvranmaya başlayana kadar aletini boğazında bıraktı.

Kızın kıvranması mücadeleye dönüştüğünde adam aletini çıkardı ve saçını okşadı.

"İşte benim kızım!" Gururla dedi. "İşte benim tatlı kızım."

Bu şefkatli sözler köle Susan'ın meme uçlarının sıkılaşmasına ve amının ihtiyaçtan ıslanmasına neden oldu.

Usta Robert, odalığını öğürmeden tüm sikini alması için eğitiyordu.

Bu bir sabır ve pratik meselesiydi ama giderek daha iyiye gidiyordu.

Hiç boğulmadığı zamanlar vardı ve bu olduğunda onu iyi ödüllendirdi.

Usta Robert kurşun ipi yakasına taktı ve onu yatağa geri döndürdü.

"Susan'a köle olmamı mı istiyorsun?"

Evet, cevabı başını sallayarak oldu.

"Bana köle Susan'a ihtiyacın var mı?"

Evet tekrar.

"Bakalım öyle mi?"

Robert ipi yatak başlığına bağladı ve diğer ucunu bir ilmik haline getirerek kadının başının üzerinden ve boğazının etrafından kaydırdı.

Daha sonra kölesi Susan'ın ihtiyacını ölçme işine girişti.

Bacaklarının arasında, zonklayan klitorisini ağzına alacak konuma kaydı.

Onu emdiğinde, onun da onu emdiği gibi, o da onu yavaşça emdi.

Köle Susan'ın kalçaları yuvarlanmaya ve itmeye başladı.

Ağız halkasıyla konuşamadığı için nefesi kesildi ve inledi.

Boşalmaya çok yaklaştığında, geri çekildi, onu Kendisine doğru kaymaya zorladı ve sonuç olarak boynunu ipte sıktı.

Usta Robert ona kendisini mükemmel hissettiriyordu.

Onu yavaşça poposundan klitorisine kadar yaladı ve ardından diliyle klitoris çevresinde tembel daireler çizdi.

Ona yaptığı şey çıldırtıcı ama bir o kadar da muhteşemdi, ta ki tekrar geri çekilene kadar.

Köle Susan, dilinin klitorisine uyguladığı baskıyı almak için aşağı kaydı.

Ah keşke şu anda boşalabilseydi!

Artık ip gergin olduğundan ve hiç gevşeklik kalmadığından, Usta Robert ayağa kalktı ve sert sikini köle Susan'ın damlayan amına gömdü.

Bacaklarını geriye itti ve onu derinden sikti, kendisine çok zevk veren noktaya vurarak, Kendisine ait olan göğüsleri ısırarak ve meme uçlarını giderek daha sert bir şekilde emerek, ama kadın Onun altında debelenmeye ve inlemeye başlayınca geri geldi. geri çekilmek, ona sadece başını vermek, başka bir şey yapmamak.

"HAYIR!" düşündü.

Göz bağı, ağız halkası, ondan merhamet dilemek ya da ihtiyacını söylemek için göremiyor ya da konuşamıyordu , bu yüzden topuklarını yatağa gömdü ve kendini yatağın daha aşağısında, O'nun çok sevdiği aletine doğru zorladı.

Artık nefes alamıyordu ve ipin gerginliği yüzünden başını yukarı ve yana doğru eğmişti ama mecburdu.

Onu en derinlerinde hissetmeliydi.

Çok yakındı!

Artık duramazdı.

Usta Robert memnuniyetle gülümsedi.

Çaresizce ihtiyaç duyduğu şeye sahip olacaktı, yoksa ölecekti ve bu da O'ydu.

Onu soluduğu havadan daha çok seviyordu ve bu ona yetiyordu.

Daha sonra tamamen onun üzerine yattı ve derin ve sert bir şekilde içine girmeye, omuzlarını emmeye ve çenesini ısırmaya başladı.

Bacaklarının kendisine dolandığını ve vücudunun sallanmaya başladığını hissettiğinde ipi yakaladı ve ikisini de yatağın üzerine çekerek havanın açık ağzına dönmesine izin verdi.

Onun nefesinin kesildiğini, ağladığını ve amının sikini sıktığını ve kasıldığını hissettiğini izlemek dayanamayacağı kadar fazlaydı.

Ayağa fırladı ve aletini eline aldı.

Sonunda gelene kadar öfkeyle pompaladı, halkanın içinden köle Susan'ın ağzına ardı ardına gelen boşalmaları ateşledi.

"Ah evet!" Diliyle onu ilk kez tattığında şöyle düşündü: "EVET! Efendisinden henüz tam anlamıyla kurtulmamış olan bedeni artık yeniden zevkle doluydu.

Tekrar tekrar, kıyıdaki dalgalar gibi O'nun için geldi.

Her bakımdan onun ruh eşiydi ve birlikte saf coşkunun doruklarına ulaştılar.

Usta Robert göz bağını kaldırdı ve sert, dik horozunu pompalamaya devam etti.

Jennifer'ın gözleri ışığa alıştığında, Efendisinin ağzını kendi spermiyle doldurduğunu görebiliyordu.

Daha sonra tıkacı kaldırdı ve ellerini serbest bırakıp çoraplarını, ayakkabılarını ve son olarak yakasını çıkarmaya devam ederken hediyesinin tadını çıkarmasına izin verdi.

Usta Robert onu kollarına aldı ve ona sıkıca sarıldı.

Adını fısıldadı ve ona kendisinin olduğunu ve hiçbir şeyi saklamadan onu sevdiğini söyledi.

Kollarının arasında titriyordu ve Adam onu daha da yakınına çekerek ona değer verildiğine ve korunduğuna dair güvence verdi.

Yorgun bedeninin titremesi durduğunda, Efendisinin tatlı kucağında huzur içinde uykuya daldı.

* * *

Onu kucağına alıp küvete taşıdığında uyandı.

Onunla birlikte içeri girdi ve sıcak, buharlı suya batarken onu kollarının arasına aldı.

Muhteşemdi ve uzun zamandır el yapımı küvetten ne kadar keyif aldıklarını hatırladığında gülümsedi.

Usta Robert onu yeni doğmuş bir bebek gibi nazikçe yıkadı.

Saçını yıkadı ve hassas kedi ve kıçına özel ilgi gösterdi.

Sabunlu elleriyle boynunu ve omuzlarını ovuşturdu, sırtından aşağıya ve hamur gibi yoğurduğu poposuna kadar gezdirdi.

Köle banyosu onun ısrar ettiği bir ritüeldi ve bu da onu onun için çok daha anlamlı kılıyordu.

Çok güzeldi ve o kadar mutluydu ki gözyaşlarını tutamadı, oysa O gözyaşlarıyla su damlaları arasındaki farkı anlayamıyordu.

Onu kurulayıp saçlarını taradığında yatak örtüsünü çıkardı ve tek kelime etmeden soğuk çarşafların arasına girdiler.

Cesetlerin birbirlerine zaten söylemediği söylenecek hiçbir şey yoktu.

Her geceki rutini gibi Robert da parmak uçlarıyla vücudunu takip ederken ona kitap okuyordu.

Zaten verilen izinle, hayallerin gerçekleştiği bir dünyaya sürüklenene kadar ona baktı.

MAAŞ ZAMMI

27

Anita sanki kırmak istemiyormuş gibi kapıyı çaldı.

Çörek dükkanında kalan tek kişi o olduğu için bu pek mantıklı değildi.

O ve kapının diğer tarafındaki kişi yani.

"Girin" diye o kişinin sesi duyuldu.

Anita kapıyı açtı ve içeri girip kapıyı arkasından kapattı.

Kapı koluyla bastırırken çıkan kilit sesi, sessiz ofiste sağır edici görünüyordu.

Eric Galvez başını masasındaki evraklardan kaldırdı.

Mağazanın okul tarzı üniforması, beyaz düğmeli gömlek ve kısa ekose etek giyen, elinde bir paket çörek tutan güzel esmer Meksikalı çalışan Anita'ya baktı.

Kusursuz bir vücudu ve omuzlarına kadar ulaşmayan kalın, katmanlı esmer saçları vardı.

"Merhaba Anita," dedi Eric.

Evli ve iki çocuklu, kırklı yaşlardaki mağaza müdürü kalemini bıraktı ve gülümsedi.

"Merhaba. Bir şeyi böldüysem özür dilerim" dedi utanarak.

"Elbette hayır," diye güvence verdi Eric ona. "Otur".

Müdürün küçük ofisi bir kanepe, iki sandalye, bir masa ve dosya dolaplarından oluşuyordu.

Eric, Anita'nın eteği ileri geri sallanarak kendisine doğru yürümesini izledi.

Eric'in masasının önündeki sandalyeye oturdu, uzun bacak bacak üstüne attı ve eteğinin kalçalarına kadar gelmesine izin verdi.

Çantayı onun yanına, yere koydu.

Müdür "Ne oldu?" diye sordu.

Anita tereddüt etti, derin bir nefes aldı ve bir elinin parmaklarını yavaşça eteğinin altından dizine kadar üst bacağının üzerinde gezdirdi.

Kiralanan odadan çıkıp bir daireye taşınmayı düşünüyorum " dedi.

Yerel bir üniversitede son sınıf öğrencisiydi ve çalışma saatleri derslerine engel olmayan yerlerde çeşitli işlerde çalışıyordu.

"Harika," dedi Eric coşkuyla, sonra durdu. "Peki daha fazla paraya mı ihtiyacınız var? Zam mı?"

Anita, yüzünde daha ciddi bir ifade belirmeden önce çekinerek ona baktı.

"Bu kadar kira istediklerine inanamıyorum. Bir de peşinat..." demeye başladı.

"Biliyorum," diye sözünü kesti Eric.

Bir an ona baktı.

Neredeyse bir yıldır onun yanında çalışıyordu ve başka bir zaman zam istiyordu.

Bu durumda, onun kararını "etkilemek" için vücudunu kullanmıştı.

Aslında o zamandan beri ondan başka bir istek daha istiyordu.

Eric yanındaki çörek paketine baktı.

"Eve çörek mi götürüyorsun?" diye sordu.

Anita'nın gözleri çantaya ve tekrar patronuna kaydı.

"Hayır. Bu senin için... bizim için" diye yanıtladı.

Eric'in daha fazla açıklamaya ihtiyacı yoktu.

Geçen sefer de bir çanta getirmişti.

Ve bu sefer ne yapacağını biliyordu.

Ayağa kalktı ve masanın etrafından dolaşarak Anita'nın sandalyesinin arkasına geçti.

Arkasında kaybolana kadar onun atletik vücudunu izledi.

Beklentiyle omurgasından aşağı bir ürperti indi.

Eric usulca, "Demek bana çörek getirdin," dedi. "Ve paylaşmak istiyorsun."

Anita sessizce başını salladı.

Eric gömleğinin üst düğmeleri açık ve bronzlaşmış bacakları bol eteğinin altından uzanan genç kadına baktı.

Elleri gergin bir şekilde sandalyenin kollarının uçlarını kavradı.

Eric elini kızın saçına koydu ve parmaklarını boynunda gezdirdi.

Gömleğinin yakasının altındaki sıcak teni hissetti, sonra üst düğmeye yaklaşmadan önce elini boynunun ön kısmına götürdü.

Tek bir çevik hareketle düğmeyi çözdü; ardından bir sonraki gelir.

İnce mavi bir sütyenle kaplanmış göğüslerinin üst kısımları ortaya çıktı.

Parmakları sol göğsünün yumuşak derisi üzerinde kaydı, sonra bir sonraki düğmeye döndü.

İki elini kullanarak boynunu daire içine aldı ve eteğinin üst kısmına ulaşana kadar her düğmeyi açtı.

Eric gömleğini eteğinin içinden çıkardı ve son düğmeyi açtı.

Anita'nın gömleği Eric'in göğüslerinin çoğunu yukarıdan görebilmesine yetecek kadar açıldı.

O nefes almaya çalışırken onların yükselişini ve düşüşünü izledi.

Göğüslerinin ortasındaki bir kanca sutyenini bir arada tutuyordu.

Eric kendi kendine bunun tesadüf olmadığını düşündü.

Aşağı uzanıp sutyenin kopçalarını çözdü ve iki yarının göğüslerinin uçlarında serbestçe durmasına izin verdi.

Anita, Eric'in ellerine veya dümdüz ileri bakarak hareketsiz oturmaya devam etti.

Her şeyin hızla değişeceğini biliyordu.

Eric ellerini göğüslerinin üstüne koydu ve parmakları sütyenini çıkarana kadar ellerin düşmesine izin verdi.

Çıplak kahverengi göğüslerini ellerinin arasına aldı ve bir süre nazikçe tuttu.

Sonunda Anita'nın meme uçlarını başparmakları ve işaret parmakları arasına koydu ve onları şefkatle çimdikledi.

Genç kadın sesli bir şekilde içini çekti.

Eric meme uçlarını hareket ettirirken aletinin pantolonunun sınırları içinde sertleştiğini hissetti.

Dokunuşuyla sertleştiler ve Anita heyecanlı bir sancının midesinden amına doğru ilerlediğini hissetti.

Eric ellerini göğüslerinin etrafına doladı ama elleriyle zar zor doldurabildi.

Onları aldı ve avuçlarına yerleşmelerini izledi.

Sandalyenin etrafından dolaşıp masayla Anita arasında durup ona kısaca baktı.

"Kalk ve gömleğini çıkar." dedi sakin bir sesle.

Anita bacak bacak üstüne attı ve patronundan birkaç santim uzakta durdu.

Gömleğini omuzlarının üzerine kaldırdı ve sandalyenin üzerine düşürdü.

Hiç durmadan aynısını sutyeniyle yaptı.

Eric ellerini Anita'nın kalçalarının dış kısmına koydu ve ellerini Anita'nın küçük eteğinin altında kaybolana kadar kaldırdı.

Anita, külotunun dışından ve poposundan ellerin kalktığını hissetti.

Sonra Eric ellerini onun beline götürdü ve külotunun askısını yakaladı.

Yavaşça onları indirdi, dizlerinin ve ayaklarının üzerinden geçerken diz çöktü.

Siyah külotunu sandalyenin üzerine koydu ve ayakkabılarını çıkardı.

Kalktıktan sonra eteğine baktı ve şöyle dedi:

"Çıkar şunu."

Anita eteğin fermuarını açtı ve yere düşmesine izin verdi, dışarı çıkıp yana doğru tekmeledi.

Eric onun küçük beline, dolgun kalçalarına ve uyluklarına hayran kaldı.

uzun bacaklar ve küçük ayaklar.

Gözleri onun amına ve klitorisinin üzerindeki küçük, ince siyah saç teline döndü.

Anita o anda kendini olağanüstü derecede seksi hissetti, bacaklarının arasındaki nem her geçen saniye artıyor.

Adamın önünde çıplak olmasını istiyordu ve bunun kaçınılmaz olduğunu biliyordu.

"Kıyafetlerimi çıkar" dedi.

Arzusunu belli etmemek için hareketlerini kasıtlı olarak yavaşlatmak zorunda kaldı.

Ancak Anita çok geçmeden Eric'in gömleğini başının üzerinden geçirdi ve aşırı kaslı olmasa da iyi yapılı üst gövdesini ortaya çıkardı.

Aşağı baktı ve kemerini çözdü, Eric'in gözleri göğüsleri ve elleri arasında gidip geliyordu.

Pantolonunun düğmelerini çözdü ve kendi başlarına baldırlarının üzerine düşene kadar aşağı çekti.

Anita diz çöktü ve ayakkabılarını ve çoraplarını çıkardı, ardından pantolonunu çıkarıp bir kenara fırlattı.

Boxerının büyüyen şişkinliğine baktı, sonra bel bandını yakalayıp aşağı çekti.

Eric'in devasa siki yarı dik durumdaydı ama Anita boxerını çıkarırken üzerinde bir heyecan dalgasının aktığını hissetti.

Ayağa kalktı ve patronunun karşısına çıktı.

Anita'nın ilk hamleyi ona sarılıp kendine doğru çekmesi onu rahatlattı.

Onu tutkuyla öptü, aletini vücuduna bastırdı ve ellerini kıçına doğru hareket ettirdi.

Dilleri dudaklarının arasında buluştuğunda Eric onun yumuşak yanaklarını sıktı.

Anita amının vücuduna sürtündüğünü hissetti, kendisini mi yoksa Eric'i mi tatmin etmeye daha kararlı olduğundan emin değildi .

Bir elini penisinin etrafına dolarken, nabzının attığını hissederek öpüşmeleri devam etti.

Horoz yukarıya doğru bakmaya başlamıştı ve kız elini sürekli olarak üyenin yukarısına ve aşağısına pompalıyordu.

Öpücük sona erdiğinde Eric, Anita'ya baktı ve şöyle dedi:

" Karım bunu bana yapmıyor. Sen bunu harika yapıyorsun."

"Teşekkür ederim, beğenmene sevindim." dedi gülümseyerek.

"Açım" dedi Eric.

"Ben de".

Kanepeye doğru ilerlediler.

Eric yolda donut paketini aldı.

Anita'nın küçük, yuvarlak kalçasının adımlarıyla zıplamasını izleyecek zaman buldu ve ardından başını küçük bir yastığa koyarak kanepeye uzandı.

Eric çantaya uzanıp bir çörek ve küçük bir plastik bıçak çıkardı.

"Ah, vanilyalı kremayla dolu. "Favorilerim" dedi. "Paylaşmak ister misin?"

Anita, "Çok isterim" diye yanıt verdi.

Eric diz çöktü ve çikolata kaplı çöreği kızın düz karnına yerleştirdi ve onu bıçakla dikkatlice ikiye böldü.

Bıçak cildine zar zor saplandığında Anita'nın vücudunda bir ürperti dolaştı.

Eric, bıçağın ağzı kalın çöreğin içinden yeniden çıkarken kadının irkilmesini izledi, sonra bıçağı ve çörekin yarısını yerdeki torbanın üstüne koydu.

Çöreği karnından kaldırdı ve kremayla dolu ortasını ona doğru çevirdi.

Yöntemli bir şekilde, sağ göğsünün meme ucu doğrudan kremin altına gelene kadar indirdi.

Uzun, yumuşak bir vuruşla göğsünün ucuna bir kat vanilya kreması sürdü.

Anita, soğuk dolgu meme ucunu ve çevresindeki cildi kaplayıp vücudundan midesine ve amına doğru dalgalar gönderirken gözlerini kapattı.

Eric çörekleri hafifçe yana kaydırdı ve ilkinin yanına ikinci bir krema şeridi ekleyerek işlemi tekrarladı.

Sonunda çöreği ters çevirdi ve çikolata kaplamasını sert göğüs ucunun ucuna sürdü.

Eric çörekleri çantaya koydu ve Anita'ya baktı.

Dikkatle izliyor, bir sonraki hamlesini tahmin ediyor ve sessizce ona kendisini yutması için yalvarıyordu.

Eric başını onun göğsüne doğru hareket ettirdi ve dilini meme ucunda gezdirerek tatlı çikolatanın tadını aldı.

Anita neredeyse yüksek sesle inleyecekti ama kendini tuttu ve patronunun dilinin meme ucunun birkaç santim yukarısına ve aşağısına kadar uzanmasını izledi.

Göğsüne dönmeden önce bir kez yutkundu, bu sefer ağzını genişçe açtı ve kızın yuvarlak, dolgun göğsünden mümkün olduğu kadar fazlasını içine çekti.

Dudakları pembe etin çevresini kapatıp emmeden önce dili birkaç kez meme ucunu sıyırdı.

Bu sefer Anita kendini tutamadı.

"Ah, Tanrım," diye fısıldadı.

Eric başını kaldırdı ve dudaklarındaki kremayı yaladı.

Ağzı bir kez daha Anita'nın göğsüne dokunduğunda, eli göğsü yukarıya doğru itiyordu ve cildindeki vanilya kremasının geri kalanını açlıkla yaladı.

Her zaman meme ucuna geri döndü.

Anita sırtını bükerek göğsünü yukarıya doğru itti.

Dilinin meme ucu üzerinde her geçişinde bacaklarının arasındaki ıslaklığın arttığını hissetti ve eğer onu böyle tutarsa gelmesini sağlayabileceğinden emindi.

Çöreğe tekrar uzandı, bu sefer beyaz dolguyu ve çikolatayı sol göğsüne daha fazla yaydı.

Krema göğsünün neredeyse üçte ikisini kaplıyordu ve Eric'in elinde neredeyse içi boş bir yarım çörek kalmıştı.

Çöreği tekrar çantaya koyduktan sonra Anita'nın vücudunun üzerine eğildi ve göğüslerini teker teker yalayarak titizlikle ortaya çıkarmaya başladı.

Kız elini Eric'in başının üstüne götürdü ve göğsüne daha sert bastırdı.

Bu arada eli kalçasından bacaklarının arasına doğru hareket etti ve bir an için özenle kesilmiş koyu kahverengi saç buklesinin altına gömülü olan klitorisini okşadı.

"Ah, Tanrım," dedi yavaşça. "Bu çok iyi hissettiriyor."

Göğsünde az miktarda vanilya kreması olan Eric kanepeye tırmandı ve bacaklarını bacaklarının arasına koydu.

Aleti artık tamamen dikleşmişti ve keskin bir açıyla yukarıya doğru bakıyordu.

Öne doğru eğildi ve aletini onun krem kaplı göğsüne yerleştirdi ve küçük bir beyaz dolgu tabakası oluşana kadar ileri geri hareket ettirdi.

Anita, horozu en fazla kremanın olduğu bölgelere yönlendirmek için elini kullandı.

Çok geçmeden pembe baştan tabana kadar beyaz oldu.

Anita , Eric'in öne doğru kayarak aletini dudaklarına götürmesini izledi.

Heyecanla ağzını açtı ve hediyeyi kabul etti.

Kremanın şekerli tadı, sıcak, sert bir sikin tadına duyduğu aşkı neredeyse unutturuyordu ona.

Eric dili ağzına girip çıkarırken dili üyenin her tarafını çalıştırdı ve zevkle inlemesine neden oldu.

" Hımm , Anita. Em beni, böyle yala beni," dedi Eric. "Evet, evet. Öyle."

Kızın sikindeki son kremayı alması birkaç dakika sürdü; elinden geldiğince hızlı emer, yalar ve yutar.

Bitirdiğinde Eric daha önce olduğundan daha sertti ve doruğa yaklaşmıştı.

"Siktir beni Eric," diye bağırdı Anita yüksek sesle. "Seni içimde istiyorum. Lütfen."

Patronu kanepeden kalktığında Anita bacaklarını açtı ve dizlerini kaldırdı.

Aletinin girişinde aletini aldığında, kadının eli onu kendisine doğru yönlendirmeye hazır bir pozisyondaydı.

Kendisi bile onun için ne kadar hazır olduğuna şaşırmıştı.

Şişmiş penisin başı açıklığı bulur bulmaz Eric, uylukları hafif bir tokatla buluşana kadar kendini alçaltmayı başardı.

"Tanrım evet. "Siktir beni," dedi Anita.

Eric onun taleplerini yerine getirmekte hızlı davrandı.

Onu kıçından kaldırdı ve aletini içeri ve dışarı kaydırmaya başladı, periyodik olarak vajinasının kasıldığını hissetti.

Anita bacaklarını kaldırdı ve yavaşça Eric'in beline dolayarak Eric'in onu daha da yükseğe kaldırmasına izin verdi.

Anita'nın göğüsleri ritmik bir şekilde sallanıyordu.

Ara sıra meme uçlarını çimdikliyor, elektrik akımını doğrudan amına gönderiyormuş gibi hissettiriyordu.

Bu arada Eric, boştaki bir elin klitorisine masaj yapabilmesi için kendini yeniden konumlandırdı.

Şişmiş şişliği kolayca buldu ve ovuşturdu.

Kızın başı bir yandan diğer yana sallanmaya başladı ve mırıldandı:

"Kahretsin. Bok. Evet orada. Orada!"

Eric onu daha sert ovuşturdu ve vücudunun gergin olduğunu hissetti.

Bacakları onu sıkıca sıktı ve "Ahhhh. Aman Tanrım. Şimdi."

Orgazmı başka bir boğuk inlemeyle başladı ve kalçaları onun aşağı doğru hamlelerini karşılamak için yukarı kalktı.

En az otuz saniye boyunca Eric tekrar tekrar onun içine girerken, o da inleyip kendisini becermesi için çığlık atıyordu.

Eric, onun sikinin etrafındaki sıkı amının ve onun altında kıvranan vücudunun sonsuza kadar sürmesini istiyordu.

Yavaşça kanepeye yerleşmeye başladığında kıçını tuttu.

Artık kendi vücuduna odaklanabilen Eric, taşaklarından ilk boşalma dalgasının yükseldiğini hissetti.

Anita onda yaklaşan orgazmı hissetti ve devam etmesi için onu teşvik etti.

"İşte bu. Hadi, amıma boşal."

Eric'in siki, Anita'nın içini doldurduğunu hissettiği bir boşalma seli içinde patladı.

Sıcak sıvı, her birine yüksek bir inlemenin eşlik ettiği birkaç hamleyle fışkırdı.

Eric, Anita'yı omuzlarının altından yakaladı ve vücudunu kendisininkine bastırdı.

Bitirmek üzereyken ve horozu onun derinliklerinde hareketsiz durduğunda, Anita onu sert bir şekilde sıktı.

"Ahhh, kahretsin. Eric, "Dur," diye mırıldandı, neredeyse nefesi kesilmişti ve yarı gülüyordu.

Kendini son bir kez silkeledi ve onun üzerinden düştü; gevşek ve tamamen tükenmişti.

Adam onun kollarında yatıyordu, başı göğsünün üzerindeydi ve bacakları hâlâ onun beline sarılıydı.

"Tek yapman gereken bunu ne zaman istersen istemek," dedi Eric usulca, parmağıyla meme ucunun üzerinde gezinirken.

"Bugün sadece acıktım" dedi.

BEKLENMEDİK DURUM

BÖLÜM I

John ona "Seni odada bekliyor olacağım, açık bir şeyler giy" demişti.

Gina aramayı bitirirken, ona paket servis muamelesi yapıyorlar, diye düşündü.

İşte şimdi makyaj aynasında makyaj yaparken böyle hissediyordu: gölgeli gözler , kalp şeklinde kırmızı dudaklar ve yüzünde onu balmumu müzesindeki bir figür gibi göstermeyecek kadar makyaj vardı.

Siparişinde istediğin başka bir şey var mı tatlım?

İşinden memnun bir halde, üzerinde sadece sütyen ve külotuyla yatak odası halısının üzerinde çıplak ayakla yürüdü ve dolabı açtı.

Elbiselerinin bulunduğu rafın üstünden küçük bir kutu para çıkardı ve yatağın yanına götürdü.

Açtığında ipek çarşafların üzerine onlarca ve yirmilikler düştü.

Gina yirmiden dördünü saydı ve geri kalanını kutuya koydu.

Kutuyu tekrar dolaba koydu, parayı çantasına koydu ve giyinmeye başladı.

John kasabanın diğer ucunda, kanalın yakınındaki beş yatak odalı lüks bir konakta yaşıyordu.

Öğleden sonra trafiğine bağlı olarak oraya arabayla gitmek on dakika sürecekti.

Kendisi nispeten yeni bir müşterisiydi ve şu ana kadar altı kez hizmet vermişti.

Ondan nefret ediyordu.

Kibirli, kaba ve tamamen sapıktı.

İtalyan kökenliydi: zeytin rengindeydi, büyük bir burnu vardı ve her yerinde kalın siyah saçları vardı.

John yemek yemeyi seviyordu ve Gina onun 1940'ların gangsteriyle şiş göbekli domuz karışımına benzediğini düşünüyordu .

Yeraltı suç dünyasıyla olan bağlarıyla övünüyordu ama Gina söylediklerinin ne kadarının doğru olduğundan emin değildi.

Sadece onu etkilemeye çalıştığını düşünüyordu.

Erkeklerin neden bunun kızlar için çekici olduğunu düşündüğünü anlayamıyordu.

Gina şiddetten nefret ediyordu ve ilk kan veya şiddet belirtisinde filmi kapatıyordu.

Ama John kesinlikle tehlikeli bir işin içindeydi.

Evinde silahlar görmüştü.

Cinsel ilişkileri sırasında John'un görmezden gelmeyi reddettiği hararetli telefon konuşmalarını duymuştu.

Para ve uyuşturucu hakkında konuşuyoruz.

John gibi adamları nefret dolu buluyordu: açgözlü, bencil, sahtekâr ve yozlaşmış.

Ancak paraya çok ihtiyacı vardı.

Gina'nın hayatı borçlarla doluydu.

, sekreterlik işine her gün arabayla gittiği, kıyafet alışverişi yaptığı, İbiza'da tatil yaptığı ve dairesini döşemek için aldığı bir kredi olan mini Fiat .

Borç içinde yüzüyordu ama kredi şirketleri onu hiçbir zaman reddetmemişti.

Geçtiğimiz yıl boyunca özel eskort olarak çalışmasının nedeni de buydu.

Anahtar kelime özeldi.

Ailesinin veya arkadaşlarının onun kirli sırrını keşfetmesinden çok korktuğu için internette reklamı yoktu.

Değilse, ağızdan ağza dolaşan sözlere ve John gibi düzenli müşterilerine güveniyordu.

Onunla seks yapması için ona para ödeyen ilk adamın adı Peter'dı.

Adams'tan ayrıldıktan sonra onunla bir arkadaşlık sitesinde tanıştı ama onun ona göre olmadığını hemen anladı.

Sorun onun kırk yaşlarında olması ve ondan on beş yaş büyük olması değildi.

Aslında onunla tanışmasının nedeni de buydu; yirmi dört yaşındaki Adams'ın yapamadığını yaşlı bir adamın ona verebileceğini düşünüyordu.

Bağlılık, güvenlik, belki yeni cinsel deneyimler.

Peter'la herhangi bir bağ hissetmiyordu ve bunu ilk buluşmalarından bir saat sonra, şehrin en güzel yerindeki bir Hint restoranında iki kişilik akşam yemeğinde anlamıştı.

Vedalaştı ve lezzetli bir yemek için teşekkür etti, bunun onu son görüşü olacağını düşünüyordu.

Ancak Peter onunla başlangıçta düşündüğünden daha fazla ilgilenmişti.

İki gün sonra ona seks karşılığında para ödeme teklifiyle temasa geçti.

Gina ilk başta şaşırdı, hatta gücendi.

çekici bir izlenim bıraktığını biliyordu .

Ancak bu onu bir sürtük ya da mali sıkıntının ilk işaretinde bacaklarını açacak biri yapmaz.

Kesinlikle bunu yapacak kızlarla tanışmıştı.

Ama Peter çok iyi bir adama benziyordu ve Gina borcunu düşündükçe teklifi kabul etmenin ne gibi bir zararı olacağını merak etmeye başladı. Karşılıklı bir fayda olacaktır.

Peter ona sahip olacak ve o da çaresizce ihtiyaç duyduğu parayı elde edecekti.

Kimsenin canı yanmadıysa gerçekten sorun neydi?

Ancak Gina saftı.

Ücretli seksin bu kadar bağımlılık yapıcı olabileceğini ya da kendisini bu kadar perişan ve ucuz hissettireceğini hiç tahmin etmemişti.

Daha da kötüsü Peter, ilk başta düşündüğü gibi bir beyefendi değildi.

Hizmetlerinde iyi olduğu söylentisi çok geçmeden yayıldı ve bunun nedeni yalnızca onun bunu doğrudan yayması olabilirdi.

Peter'la tanıştığı arkadaşlık sitesi aracılığıyla her türden teklif posta kutusunu doldurdu.

Seks için genç kadınları arayan kaç tane yaşlı erkek olduğuna ve kaç tanesinin bunun için para ödemeye istekli olduğuna inanamadım .

Bu onun için çok kazançlı bir işti ve çok geçmeden sınırlarını biraz daha zorlamaya istekli olursa daha fazla para kazanabileceğini öğrendi.

Erkekler anal, tahakküm, altın duşlar ve çeşitli rol yapma oyunları gibi şeylere daha fazla para ödüyordu.

Gina kız öğrenci üniformalarına, seksi iç çamaşırlarına ve kırbaçlara yatırım yapmıştı. Önerdikleri her şeyi yemiş, içine her türlü nesneyi koymuş ve hatta bebek bezi giymiş elli yaşındaki bir adamı emziriyormuş gibi yapmıştı.

Elbette John, parasıyla mevcut tüm olanaklardan yararlanmıştı.

Birinci sınıf fahişelerden porno yıldızlarına ve hatta üçüncü sayfa modellerine kadar.

Bağımlılığa varan bir takıntıydı bu.

Görünüşe göre tüm genç ve güzel kızlar, hala çekiciyken varlıklarını satmaya istekliydi.

Trajikti.

Bu yüzden John'un bir arkadaşından öğrendikten sonra Gina ile iletişime geçmesi sürpriz olmadı.

Ve bu gece beşinci kez birlikte olacaklardı.

Gina saatine baktı ve koridordaki aynada kıyafetlerini düzeltti. "Bir yıl içinde her şey bitecek kızım" diye hatırlattı kendine.

'Bunu yapabilirsin.'

Daha sonra anahtarlarını alıp kapıdan çıktı.

BÖLÜM II

Midesting Yolu'nda durdu .

Saat on buçuktu ve diğer evlerden birinde havuz partisi tüm hızıyla sürüyordu.

John'un evinin ferforje kapılarından geçip Fiat'ı garaj yoluna park etti.

Topuklarının çakıl üzerinde çıkardığı sesi duyup evin yan tarafına doğru yürürken, John'un gümüş rengi Mercedes'inin tavanında ay parlıyordu.

John ona arka girişten girmesini söylemişti.

Bu gece bir rol yapma oyunu oynayacaklar.

Adam yatakta uzanacak ve kadın bir hırsız gibi içeri girip onu şaşırtacak.

John işleri karıştırmayı severdi.

Cinsel açıdan bu kadar yaratıcı bir adamla hiç tanışmamıştı.

Evin yan tarafında durdu ve sokağın yukarısına ve aşağısına baktı.

Orada kimsenin onu görmeyeceğinden emindi ama her ihtimale karşı emin olmak istiyordu.

Külotunu indirdi, topuklarının üzerinden geçirdi ve sonra eteğini düzeltti.

Külotu çantasına koydu.

Kırmızı dantel, John'un favorisi.

Sonra topukları üzerinde yalpalayarak patikada ilerledi ve arka bahçenin kapısını açtı.

Keskin topuğunun ucuyla kazara tekme attığında metal bir çöp kutusu takırdadı.

'Aptal!' Kendini uyardı.

Mutfağın ışığı açıktı ve ona açılan veranda kapısı aralıktı.

John kapıyı onun için açık bırakmış olmalı.

Gina saçlarını geriye itti, şehvetli yürüyüşüne devam etti ve eve girdi.

Mutfağa girip kapıyı kapattığında yanık kokusu geliyordu.

Muhtemelen John'un içmeyi sevdiği purolardan biriydi.

O çok sigara içen bir gangsterdi .

Ev sessizdi.

John ona söylediği gibi onu yatakta bekliyor olmalı.

renkte , modern ve ahşap mobilyalarla özenle döşenmiş yemek odasından geçip koridora çıktı.

Döner merdivene baktı.

"John" dedi alaycı bir tavırla. 'Hazır mısın, değil misin?'

Merdivenleri çıkarken topukları cilalı basamaklarda tıkırdıyordu.

Koridora döndüğünde John'un yatak odasının kapısının açık olduğunu gördü.

Işık açıktı ama yine de ses çıkmıyordu.

Sonra bir çatırtı duydu.

'John?'

Şişman piç muhtemelen ebeveyn banyosundaki tahtında oturuyordu.

Gina saçını düzeltti, yakasını indirdi ve odaya girdi.

O an her şey durmuş gibiydi.

Gina'nın tüm vücudu dondu.

Yatakta tamamen çıplak bir şekilde yatan ve tavana bakan John, etrafındaki çarşafları ıslatan bir kan gölü ve boğazı kesilmiş haldeydi.

Gina bir çığlık attı.

Kapının arkasından karanlık bir figür çıktı ve onu yakaladı, kolunu boynuna doladı ve elini ağzına koydu .

'Ses yapma yoksa seninkini de keserim' dedi.

Gina boynunda bıçağın soğuk, keskin ucunu hissetti.

'Sen kimsin?' diye inledi.

'Sikmek istemeyeceğin biri'

Adam kaslı ön koluyla boynunu daha da sıktı.

'Burada ne yapıyorsun?'

'John'u görmeye geldim.'

'Böylece? '

'Benden bunu yapmamı istedi.'

'Çünkü?' Adam talep etti.

'Sadece görmek için.'

Gina'nın nefes borusunu koluyla ezerek boğulmasına neden oldu.

'Çünkü?' bağırmak.

Gina, "Seks yapmak için," diye kekelemeyi başardı.

Adam boynundaki baskıyı hafifletirken öksürmeye başladı.

'Sen fahişe misin? ' dedi.

'HAYIR!'

'Ne olmuş?'

'Bir arkadaş.'

Adam, "Aynı şey" dedi.

Gina hiçbir şey söylemedi, eğer karşısına çıkarsa adamın boynunu kıracağından ya da onu bıçaklayabileceğinden çok korkuyordu.

"Bir sorunumuz var gibi görünüyor" dedi.

Gina'yı koluyla göğsü arasında sıkıca tutarak John'un cansız bedenine doğru döndü.

Gina bu kadar çok kan görünce hastalanacakmış gibi hissetti.

"Artık bir cinayete tanık oldun."

Lütfen, diye yalvardı Gina.

'Kimseye söylemeyeceğim. Sadece gitmeme izin ver.'

BÖLÜM III

Adamdan şeytani bir kahkaha yükseldi.

'Elbette bunun bu kadar kolay olmayacağını anlıyorsunuzdur.'

Korku Gina'nın vücudunu sardı.

Bacaklarının iç kısmından sıcak idrarın akmaya başladığını hissetti.

Bu gece ölmek istemiyordu.

Adam deri eldivenli eliyle kadının kolunu tuttu ve onu banyoya götürdü.

Kapıyı arkalarından kapattı ve dönüp ona baktı.

Gina onun yüzünü görünce bir köşeye çekildi.

Bunun şimdiye kadar gördüğü en güzel yüzlerden biri olmasını beklemiyordu ama onu en çok şaşırtan yanağının kenarından aşağı inen derin yara iziydi.

Ve vücudu, bir boks şampiyonunun omuzlarıyla, öldürmek için yaratılmış gibiydi ve bu, boynu ikiye bölebilirdi.

O bir canavardı.

Sert mavi gözleriyle onu baştan aşağı süzdü.

'Burada olduğunu kim biliyor?'

'Hiç kimse! Lütfen gitmeme ve kaçmama izin verir misin? Sizi temin ederim ki polise söylemeyeceğim.'

Yavaş ve yırtıcı bir adımla ona yaklaştı.

'Bunun için artık çok geç. Zaten yüzümü gördün.''

'Söz veriyorum söylemeyeceğim. Lütfen, sen ya da John umurumda değil, sadece eve gitmek istiyorum. Ölmek istemiyorum.'' Gina gözyaşlarına boğuldu.

Adam eldivenli elini çıplak omzuna koydu ve tehditkar bir şekilde yüzüne yaklaştı.

Gina burnundan gelen sıcak havanın yanaklarına değdiğini hissetti.

'Orada, orada, orada' diye mırıldandı. 'Neden bu güzel yüzü mahvettin?'

Uzun parmağını Gina'nın gözyaşlarıyla ıslanmış yanağında gezdirdi.

Gina'nın dokunuşunu hissettiğinde tüm vücudu buza dönüştü.

Bu adamın vücuduna duyduğu çekim ve kendisini kolayca öldürebileceğini bildiği biri tarafından duvara sabitlenmenin yarattığı korkuda son derece çelişkili bir şeyler vardı.

Yaklaştı ve kaba dilini onun yüzünde gezdirerek teninde bir ürperti hissetmesine neden oldu.

Bundan sonra ne olacağını beklemiyordu.

Adamın eldivenli eli eteğinin altına kayarken, uzun parmakları açıkta kalan dudaklarını yokladı.

'Yaramaz kız' dedi beklenmedik keşfi üzerine.

'Lütfen...ah'

Adam eldivenini çıkarmıştı ve uzun, etli bir parmak artık kadının içindeydi.

Gina'nın klitorisini rahatça buldu ve ona masaj yaparak içinde bir ısının yayılmaya başlamasını sağladı.

Aynı anda dilini Gina'nın boynunun sert hatlarında gezdirdi.

Gina döndü ve lavabonun üzerindeki aynada kendi yansımasını gördü.

Ayrıca bu uzun, tuhaf yaratığın bir vampir gibi boynuna battığını, serbest elindeki bıçağın ucunun halojen ışıkta bir uyarı gibi parıldadığını da gördü.

Keskin ucunu kendisine karşı kullanabileceği korkusuyla hareket etmeye cesaret edemiyordu.

Adam geri çekildi ve bakışlarını onun vücudunda gezdirdi.

kıyafetlerinin arasından çıplak vücudunu görebiliyormuşçasına derin bir uyarılma vardı içlerinde .

Çantasını omzundan kaydırdı ve yere düşürdü, bu sırada bir tüp ruj ve bir çift kırmızı külot fayansların üzerine döküldü.

Dar yeleğinin içinden göğüslerinden birini yakaladı ve nazikçe sıktı, sonra hazır olduğunda parmağını meme ucunun üzerinde gezdirdi.

Ellerinde macun gibiydi.

'Benimle ne yapacaksın?' diye sordu.

'Yalnız olduğumuza ve bize özel bir yerimiz olduğuna göre, oradaki adamın sana asla veremeyeceği şeyi sana vereceğim.'

Ah, Tanrım, diye düşündü Gina. Bu değil.

Onun korktuğunu hisseden adam gülümsedi.

'Merak etme. Beni amının içinde hissettiğinde diğerinin öldüğüne sevineceksin.

Adam yalnız oldukları konusunda haklıydı.

Yakınlarda komşular olmasaydı, herhangi bir yardım çağrısı sonuçsuz kalırdı.

Eğer...eğer kabul ederse, adamın dediğini yaparsa, evden canlı çıkabilirdi.

Tüm diğer ihtimaller aleyhineyken, hayatının en iyi RPG'sini yapmaktan başka ne seçeneği vardı ?

Böylece bir karar verdi.

Hayatının en iyi performansını sergileyecekti.

Başarısız olursa yedek bir planı vardı.

Adam başını yeleğine doğrultarak, "Çıkar şunu" diye homurdandı.

Gina onun dediğini yaptı.

Yelek başının üzerinden kaydığında saçını salladı ve adamın vücuduna baktı.

" Ben de senin soyunmanı istiyorum" dedi.

Adam alaycı bir kahkaha attı.

'Bana ne yapacağımı söylemeyeceksin. Ve ben senin düşündüğün kadar aptal değilim. Aşağı çek.' Gina'nın eteğine doğru başını salladı.

Eteğinin düğmelerini çözdü ve bacaklarından aşağı düşmesine izin verdi, sonra topuğuyla ona doğru tekme attı.

Topuklu ayakkabılar ve sutyeniyle, traş edilmiş dudakları banyonun serin havasına maruz kalmış halde ondan önce oradaydı.

Maskara çerçeveli mavi gözlerini onu esir alan kişinin delici bakışlarına kaldırdı.

" Ne kadar tatlı ve güzel" dedi, burun deliklerinden havayı emerken. 'Arkanı dön.'

Gina dönüp fayanslı duvara baktı.

Aynanın yansımasından adamın eğilip kasıklarını okşamasını ve arkasını incelemesini izledi.

Pantolonunda gördüğü büyük çıkıntı, onun iyi donanımlı olduğunu gösteriyordu.

Onu öne doğru eğdirdi, kalçalarını tuttu ve kasıklarını ona doğru getirdi.

Sert, yağlı çıkıntı artık kalçasının yarığına bastırılmıştı.

Çıplak eli onun kıçına dokundu ve onu ileri doğru itti; bıçak hâlâ diğer elinde sıkı sıkı tutuyordu.

Gina onun onu lavabonun yanındaki tezgâhın üzerine koyup pantolonunun düğmelerini açmasını izledi.

Bıçağa baktı, onu yakalama isteğiyle mücadele etti.

Ama o kadar aptal olamayacağını biliyordu; Adam, boyuyla bir buçuk metrelik küçük bedenini saniyeler içinde aşabilirdi. Yine de çok baştan çıkarıcıydı... çok baştan çıkarıcıydı.

Siyah pantolonu yere düştüğünde iri, kaslı kalçalarının üzerindeki siyah boxer ortaya çıktı.

Ereksiyonu eteğine doğru yükseliyordu, şişmiş ve devasaydı.

Gina neredeyse ağzından kaçan nefesini yuttu.

Bütün bunları nasıl sığdırabilirim?

Büyük horoz, boksörünün sıkı kumaşını zorluyor, dışarı çıkmak için sabırsızlanıyordu.

Adam onları aşağı çektiğinde büyük mor kafa Gina'nın yanaklarına düştü.

Kalın ve çok damarlı üye en az dokuz inç uzunluğundaydı.

Katil cinsel bir Adonis'ti.

Hala eldivenli olan eliyle kalçasını yakaladı ve diğer eliyle aletini alıp Gina'nın kedi dudaklarına doğru yönlendirdi.

Gina dudaklarının arasındaki sıcak, yumuşak aleti hissettiğinde nefesi kesildi.

Ve onu içeri koyduğunda dizleri neredeyse bükülüyordu.

Penis cesur bir derinlikle içeri girdi, sıcak, ıslak vajinasının içinde heyecanla zonkluyordu.

bu heyecan verici yeni gelişe uyum sağlamak için dudaklarında ve duvarlarında nem birikti .

Adam itmeye başladı; güçlü kalçaları Gina'nın iç duvarlarının sertliğini olağanüstü bir hızla zorlayabilecek güçteydi.

İnanılmaz hissettim.

Adam onun ıslak kedi dudaklarına nüfuz etmeye devam ederken lavabo tezgahının kenarını kavradı, topları ona tokat attı.

Diğer eldiveni de çıkardı ve büyük, şaşırtıcı derecede yumuşak elleriyle omurgasından aşağı inip sütyenini açtı.

Fayans zemine düşerek göğüslerini serbest bıraktı.

Devasa canavar ona arkadan çarptığında artık yalnızca topuklu ayakkabılarını giyiyordu.

Gina onun geri çekildiğini hissetti, amcığı bir anlığına rahatladı.

Ama penisinin tekrar onun içine, bu sefer kıçına doğru gelmesi çok uzun sürmedi.

Katilin devasa siki Gina'nın anüsünün sıkı kıvrımlarına nüfuz ederek ona keskin bir acı gönderdi.

Bir an acıya dayanamayacağını düşündü, kasları bu yabancı cismi dışarı atmak için kasıldı ama sonra acı zevke dönüşmeye başlayınca rahatladılar.

Gina daha önce de anal seks yapmıştı ama bunun kadar büyük bir penisten değil.

Şimdi onu dolduran zevk, daha önce hissettiği hiçbir şeye benzemiyordu.

Kendine nerede olduğunu hatırlatması gerekiyordu.

John'un evinde onu öldüren bir adam tarafından sikiliyor.

John'un ölü ve şimdiden biraz soğumuş cesedi, birkaç metre uzakta, eski halinin korkunç bir heykeli gibi diğer odada yatıyordu.

Gina, ondan ne kadar nefret etse de bu görüntüyü hafızasından asla silemeyeceğini biliyordu.

Ve eğer o canlı olarak geri dönüp ona şimdi yardım edebilseydi, bu ona karşı hissettiği nefreti silebilirdi.

Ancak bir ölüm tehdidiyle karşı karşıya kaldığınızda olanlarda tuhaf bir şeyler vardır ve Gina bunu ilk kez şu anda esir tutulduğu bu banyoda yaşıyordu.

Bir içgüdü kontrolü ele alır, o kadar birincil ki artık bir hayvan içgüdüsü gibi hissettirmez.

Ve hayatta kalmak için her şeyi yapacağını biliyorsun.

BÖLÜM IV

Adam öfkeli darbelerle onun kıçını dövüyordu, ağzından tükürük akıyordu, yakışıklı yüzü kızardı ve tahrik oldu.

Çıkardığı alçak, gırtlaktan gelen sesler Gina'yı boşalmak üzere olduğu konusunda uyardı.

Tezgahın kenarını sıkıca tuttu.

Tuttukça parmak uçları beyazlaştı.

'Siktir' diye inledi adam.

' Ben boşalacağım.'

Ve öyle yaptı ve ağzından ağır bir iç çekiş çıktı, gözlerini kapattı ve başını geriye doğru eğdi...

Ve Gina şansını denedi.

Tezgahı bırakıp bıçağı aldı.

Kolunu kör ve güçlü bir hareketle istismarcısının boynuna sapladı.

Atladı ve sırtını duvara yasladı; fayanslar terden ıslanmış sırtına değiyordu.

Gözleri korku ve endişeyle iri iri açılmış olan Gina, adamın statik bir duruşta durduğunu, iri gözleri ona bakarken boğulduğunu gördü.

Bıçak kalın, parlak boynundan dışarı çıkıyordu ve siyah ceketinin yakasından aşağıya koyu kırmızı kan sızıyordu.

Aleti hâlâ dikti ve ucunda parlak bir sperm izi asılıydı.

Ağzı açılıp alt dudağına kan dökülürken şaşkın gözleri Gina'nın üzerinde kilitli kaldı.

Geriye yığılıp kapıya çarpmadan önce 'Kaltak' kelimesini ağzından çıkarmayı başardı.

Gina bir an ona baktı, göğsü inip kalkıyordu, sonra çılgınca bir kahkaha attı. Planı işe yaramıştı.

İlk kez. Boşalırken aynada gözlerini kapattığını görmüştü, bu yüzden saldırıyı çok daha kolaylaştırdığı gerçeğinin tadını çıkardı.

Elbiselerini aldı ve hızla giyindi, bu sefer külotunu tekrar giydi.

Çantasını kaptı ve saldırgana topuğunun keskin ucuyla tekme attı. Sonra yüzüne tükürdü.

'Bu bana fahişe dediğin için, seni orospu çocuğu!'

Kapıyı açabilmek için vücudunu geriye doğru itti.

Kapıyı açarken kafatasının arkası büyük bir gürültüyle halıya çarptı .

Kanla ıslanmış cesedin üzerinden geçerek yatak odasına girdi.

John'un yataktaki cesedine baktı.

Yerdeki kan.

Yatakta kan var.

Baktığı her yerde ölüm vardı.

Çok fazlaydı.

Gina odadan dışarı koştu ve topuklarının onu taşıyabildiği kadar hızlı bir şekilde sarmal merdivenlerden aşağı koştu; arkasında kızıl üçgenler zemini lekeliyordu.

Merdivenlerin başında durdu, gözyaşlarını sildi ve düşüncelerini kontrol altına aldı.

Bu yaşam tarzı onun için her şeyi mahvetmişti.

Bu onu sefil ve erkeklere karşı alaycı hale getirmişti.

Moralini yeniden düzenlemişti.

Ve o şişko ölü piç, yozlaşmış davranışları ve iğrenç fantezileriyle en kötülerinden biriydi.

örnek bir insandı ama yozlaşmış tavırlarıyla dokunduğu her şeye bulaştı ve yayıldı.

O da dahil.

Onu olmadığı bir şeye dönüştürmüştü.

Ve şimdi onu bir katile dönüştürmüştü.

Meşru müdafaa için öldürmüştü ve kendi kanından oluşan bir havuzda yatan pislik, başına gelen her şeyi hak etmişti.

Ama asla unutmayacağını biliyordu.

Sanki kirli bir fahişeden başka bir şey değilmiş gibi ona nasıl kötü davranmıştı ve kirli, öldürücü ellerinin dokunuşuna zevkle karşılık vererek bedeni ona nasıl ihanet etmişti.

Bu ikisi daha kaç genç kızın hayatını mahvetmiş olmalı?

Peki o kızlar hâlâ ne kadar acı çekiyordu?

Artık acı çekmeyeceğim, diye düşündü Gina.

Merdivenlerden koşarak çıktı ve yatak odasına girdi.

İki cesedin görüntüsü onda kusma isteği uyandırdı ama mide bulantısını dirseğiyle bastırıp yatağa doğru yürüdü.

John'un yüzü bir korku maskesiydi, ağzı siyah ve bir balık gibi açıktı, gözleri dehşetten donmuştu.

Gina başını çevirdi ve tombul bileğindeki altın bileziği aradı.

Zincire bağlanan ince dikdörtgen bir madalyon vardı.

Kutuyu açtı ve içindeki numarayı okudu: 47689.

Kafasındaki sayıyı bir mantra gibi tekrarlayarak madalyonu kapattı ve çantasına uzandı.

Bir mendil çıkardı ve madalyonun üzerindeki parmak izlerini sildi.

Dönüp merdivenlerden aşağı koşmadan önce John'a son bir kez küçümseyen bir bakış attı .

John'un çalışma odasına ulaşıp kapıyı açana kadar koridorda koştu.

Gözleri ne için geldiğine gelinceye kadar odayı taradı.

John güvende.

Gina'nın ziyaretlerinden birinde içindekilerle övünmüştü ve Gina da içinde ne olduğunu öğrenmek istemişti.

"Güzel mücevherler" demişti kibirli bir gülümsemeyle.

"Bu evin tamamından daha değerli."

Daha sonra bileğindeki zincire hafifçe vurdu ve parmağını dudaklarına götürdü.

"Şşş."

Gina duvardaki kasaya doğru yürüdü ve şifreyi tuşladı.

Açılabileceğini belirten kasa tıklandı.

Çelik kapıyı açıp içeriye baktı.

Bir yığın kahverengi zarfın üzerinde kadifemsi kırmızı bir mücevher kutusu vardı.

Gina midesinde bir düğüm hissetti.

şimdiye kadar gördüğü en inanılmaz elmas kolyeyi buldu ; güzelce işlenmiş taşları sinematik bir etkiyle parlıyordu.

"Bütün bu evden daha değerli," diye fısıldadı kendi kendine.

Tüm borçlarını ve sonra bir kısmını ödemeye yetecek kadar.

Kalbi göğsünde atarken kapağını kapattı ve mücevher kutusunu çantasına koydu.

Daha sonra kasayı kapattı ve kağıt mendildeki parmak izlerini ovuşturdu.

Çalışma odasından aceleyle çıktı ve koridordan ön kapıya doğru ilerledi; topuklarının parlak tahtalarda suçlayıcı herhangi bir iz bırakmadığını kontrol etti.

Senin değil.

Evin kapısını açtı.

Gecenin karanlığına doğru yürürken yumuşak, serin hava yanaklarına çarptı ve evdeki varlığın yükü anında omuzlarından kalktı.

Sonunda özgür kaldı, çakıllı yolda koştu ve arabasına atlayıp çantasını yolcu koltuğuna attı.

Başının direksiyona düşmesine izin verdi ve alçak, gırtlaktan gelen bir çığlık attı.

Bitkin ve bitkin bir halde çantasına uzanıp telefonunu çıkardı.

911'i aradı.

"Polis lütfen, az önce bir adamı öldürdüm."

VAHŞİ RESEPSİYON

63

Susan kanepede uzanmış partnerini düşünüyordu.

Onu tüm kalbiyle seviyordu ve hayali onun ön sevişmeyle istediğini yapmasıydı.

Ecstasy düzeyi ölmeye değene kadar onu yala ve em.

O zaman onu yaradılıştan daha güçlü seksle becer.

Çok sıkıcı bir geceydi.

Susan sutyeni ve pembe ipek külotuyla kanepede uzanmış film izliyordu.

Ama Susan erkek arkadaşını, onun güzel vücudunu, yeşil gözlerini ve koyu kahverengi saçlarını düşünüyordu.

Susan onu düşünürken dili dudaklarının arasından dışarı çıktı, zihnini ve bedenini şehvet doldurdu.

Tam o sırada Susan kapının açıldığını duydu, sonunda buradaydı.

Heyecanlı ve ıslak bir halde ayağa fırladı ve kapıya doğru koştu.

Üzerinde kot pantolonu ve beyaz tişörtüyle orada duruyordu.

Odaya girdiğinde Susan'ın heyecandan neredeyse sütyeninden düşecek olan güzel, inip kalkan göğüslerini fark etti.

Belinden tutarak Susan'ı kendine doğru çekti ve onu derinden öptü.

Susan sıcak, ıslak ağzına, "Çok azgınım," diye fısıldadı. "Siktir beni şimdi."

İkinci bir davete gerek duymadan Susan'ı mutfak masasına doğru itti.

Gömleğini çıkarıp ışıkları kapattı ve odayı kararttı.

Susan masanın üzerinde yatıyordu, meme uçları artık beyaz sütyeninin içinden çıkıyor ve uyumlu külotunun üzerinde ıslak bir nokta oluşuyor.

Ona yaklaştı, kot pantolonunda bir şişkinlik oluştu.

Susan'ın üzerine eğilerek karnını nazikçe öpüyor ve her yerini yalıyor.

Susan zevkle nefesini tuttu ve elleri onu yakınına çekmek için başını tuttu.

Karnını yalamaya ve öpmeye devam etti, ara sıra hala külotunun altında olan amına doğru hareket ederek üzerine sıcak hava üfledi.

Dişleriyle iç çamaşırını yakalayıp tek bir hızlı hareketle aşağıya doğru çekiyor.

Onları masaya fırlatıp kasıklarını kokluyor.

Susan inlemeye ve ağır nefes almaya başlıyor.

Yüzünü onun ıslak amına gömüp sutyenini çıkarmak için uzanıyor.

Susan'ın diri göğüsleri yumuşak ellerine dökülüyor.

Buzdolabına yaklaşmadan önce Susan'ın yarığını bir kez daha nazikçe yaladı.

Kapağını açarak bir kase çilek çıkardı. Bunlardan ikisini aldı ve birini Susan'ın karnına, diğerini de göğüslerinin arasına koydu.

Göbeğindeki çileği yaladı ve daha sonra yedi.

Vücudunu aşağıdan yukarıya doğru yalamaya devam etti ve sonunda bir sonraki çileğe geçti.

Susan'ın göğüs dekoltesini yalayarak çileği göğüslerinin arasında yukarı aşağı hareket ettiriyor.

Susan bu alışılmadık his karşısında inledi.

Çileği diliyle iterek kadının amına ulaşana kadar çileği Susan'ın vücudunda daha da aşağı doğru hareket ettirmeye devam etti.

, meyve sularıyla kaplı çileğin etrafında kasıldığını görebiliyordu .

Çileği kedisinin daha derinlerine itti.

Çilek tekrar ağzına gelinceye kadar yavaşça emerek ağzıyla kapattı; şimdi Susan'ın am sularıyla kaplı.

Çileği höpürdeterek yedi ve Susan'ı karnının üstüne çevirmek için harekete geçti.

Poposu havadayken onu okşadı.

Susan'ın kıçına nazikçe tokat attı, sonra da kıçına daldı ve onu yaladı, kıçının her yerinde hickey'ler bıraktı.

Yakınlarda bir kavanoz bal vardı ve parmağını içine sokup Susan'ın dudaklarına sürdü.

Daha sonra Susan'ın inlemesine neden olacak şekilde dilini onun derinliklerine soktu.

Dilini amının derinliklerine sürttü.

Susan yüksek sesle inleyerek şunları söyledi:

"Siktir beni şimdi."

Kot pantolonunu çıkardı, aleti patlamaya hazırdı.

Artık çıplak, aleti büyük ve güçlü bir şekilde öne çıkıyor.

Susan'ı yakaladı ve ellerini kalçalarının iç kısımlarında gezdirerek aletini tam onun girişine yerleştirdi.

Başını onun ıslaklığına sürttü; Yavaşça dudaklarını ayırdı ve penisinin başını yavaşça kaydırdı.

Penisinin ucunun içine girdiğini hisseden Susan'ın dudaklarından bir inilti kaçtı .

Kocaman sert aletinin geri kalanını onun amına kaydırırken Susan daha yüksek sesle inledi.

Hepsi onu doldurduğunda, kedisinin duvarlarını sıktı, bu yüzden artık ondan bir inilti geldi.

Aletini Susan'ın amının içine ve dışına pompalamaya başladı, her vuruşta daha da ileri gidiyordu.

Susan'ın gittikçe daha yüksek sesle inlemesine neden olarak onu amına vurmaya devam etti.

Uyluklarını yakalayıp her zamankinden daha sert vurdu ve devasa aletiyle Susan'ın vücudunu işgal ederken homurdandı.

Suzan bağırdı:

"Bu çok iyi hissettiriyor bebeğim, beni daha sert becer."

Aletini Susan'ın amına daha sert bir şekilde çarptı ve sikinin tabanında spermin biriktiğini hissetti.

Hareketleriyle taşakları Susan'ın kıçına çarpıyordu.

Susan uzun bir inilti çıkardı ve vahşi bir orgazm yaşamaya başladı, amcığı onun sikini sıkıyordu, böylece o da orgazm olmaya başladı.

Cum onun sikinden fışkırdı, ilk hamle Susan'ın amına girdi.

Ama geri çekildi ve geri kalanların vücuduna serpmesine izin verdi.

Tam orgazmı azalmaya başladığında parmaklarını amının içine soktu ve hızla pompalayarak Susan'ı yeniden orgazma gönderdi.

İnleyerek masanın her yerinde hareket eden Susan onu üstüne çekti ve derinden öptü.

Terleri ve menileri iki bedenin her yerine karışmıştı.

İkisi de rahatladıktan sonra şöyle dedi:

"Böyle karşılanmak çok hoş."

SON

69